Butterflies on Carmen Street
Mariposas en la calle Carmen

By / Por Monica Brown

Illustrations by / Ilustraciones de April Ward
Spanish translation by / Traducción al español de Gabriela Baeza Ventura

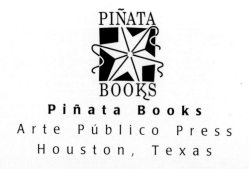

Piñata Books
Arte Público Press
Houston, Texas

Publication of *Butterflies on Carmen Street* is funded by grants from the City of Houston through the Houston Arts Alliance, the Clayton Fund, and the Exemplar Program, a program of Americans for the Arts in collaboration with the LarsonAllen Public Services Group, with funding from the Ford Foundation. We are grateful for their support.

Esta edición de *Mariposas en la calle Carmen* ha sido subvencionada por la ciudad de Houston a través del Houston Arts Alliance, el fondo Clayton y el Exemplar Program, un programa de Americans for the Arts en colaboración con el LarsonAllen Public Services Group, con fondos de la Fundación Ford. Les agradecemos su apoyo.

Piñata Books are full of surprises!
¡Piñata Books están llenos de sorpresas!

Piñata Books
An Imprint of Arte Público Press
University of Houston
452 Cullen Performance Hall
Houston, Texas 77204-2004

Brown, Monica, 1969-
    Butterflies on Carmen Street = Mariposas en la calle Carmen / by Monica Brown; with illustrations by April Ward; Spanish translation by Gabriela Baeza Ventura
        p.   cm.
    Summary: While she and her classmates wait for the caterpillars they are raising to be transformed into Monarch butterflies, Julianita's grandfather tells her about the annual migration of these butterflies to his hometown in Mexico.
    ISBN 978-1-55885-484-0 (alk. paper)
    [1. Monarch butterfly—Fiction. 2. Butterflies—Fiction. 3. Grandfathers—Fiction. 4. Mexican Americans—Fiction. 5. Spanish language materials—Bilingual.] I. Ward, April, ill. II. Ventura, Gabriela Baeza. III. Title. IV. Title: Mariposas en la calle Carmen.
PZ73.B6856 2007
[E]—dc22
                                                                                    2007061475
                                                                                    CIP

♾ The paper used in this publication meets the requirements of the American National Standard for Permanence of Paper for Printed Library Materials Z39.48-1984.

9 0 1 2 3 4 5 6 7 8   10 9 8 7 6 5 4 3 2

To my mother, Isabel María Brown, who came north, and to
all other migrant souls, fly free.
—MB

For my grandpa Jessup
—AW

Para mi madre, Isabel María Brown, quien inmigró al norte, y para
todas las almas migrantes, que vuelen libres.
—MB

Para mi abuelo Jessup
—AW

Hop, skip, wiggle! I do my silly dance, holding hands with Abuelito as we leave our home on Carmen Street. I close our gate with a big bang because today is a special day! I wave goodbye to Roco, our rooster, and Coco, my chocolate-colored dog. We sing as we walk towards my school. Mothers and fathers and grandparents are walking their children to school, too—some laughing, some singing, and some sleepy little brothers and sisters still rubbing their eyes.

¡Brinco, salto y me muevo! Bailo mi tonta danza de la mano de Abuelito cuando salimos de nuestra casa en la calle Carmen. Cierro la cerca con un fuerte ¡Pum! ¡Hoy es un día especial! Me despido de Roco, nuestro gallo, y de Coco, mi perro color chocolate. Cantamos mientras caminamos hacia la escuela. Mamás y papás y abuelos llevan a los niños también —algunos ríen, otros cantan y algunos hermanitos y hermanitas aún con sueño se tallan los ojitos.

We pass Palo Verde Park and the bench where Abuelito always sits and rests on hot days, talking with other grandparents. We cross the street to my family's store, La Esquina Market, where Mami and Papi sell everything in the whole wide world: beans, rice, eggs, pork rinds, *chile*-mango lollipops, candles, Spanish videos, and Mami's delicious sweet bread. I smile and wave to Mami and Papi, who have been working since before Roco's cock-a-doodle-doo. I am extra happy today and they know why!

Pasamos por el parque Palo Verde y la banca donde Abuelito siempre se sienta y descansa en días calurosos para platicar con otros abuelos. Cruzamos la calle donde se encuentra la tienda de mi familia, La Esquina Market. Allí Mami y Papi venden todas las cosas del mundo: frijoles, arroz, huevos, chicharrones, paletas de mango con chile, velas, videos en español y el delicioso pan dulce de Mami. Sonrio y saludo a Mami y a Papi, que han estado trabajando desde antes del quiquiriquí de Roco. Hoy estoy muy feliz, y ellos saben por qué.

I do a few more skips down the street and we are finally at the big, red brick building—my school, Kennedy Elementary. Abuelito gives me a kiss on the forehead, and then I tromp up the stairs to my class.

My best friend, Isabela García, catches up to me. "Julianita, today is Butterfly Day!" she says.

"I can't wait!" I reply.

Doy unos cuantos saltitos por la calle, y por fin llegamos al edificio grande y de ladrillos rojos: mi escuela, Kennedy Elementary. Abuelito me da un beso en la frente y subo los escalones hacia mi salón pisando fuerte.

Mi mejor amiga, Isabela García, me alcanza. —Julianita, ¡hoy es el día de la Mariposa! —me dice.

—¡No puedo esperar! —le contesto.

When class begins, our teacher Ms. Rodríguez tells us all about the monarch butterfly. Its beautiful black-and-orange wings remind me of a tiger. We learn that monarchs start as eggs. Next they become funny-looking caterpillars and then chrysalises. Finally, they become butterflies and fly away.

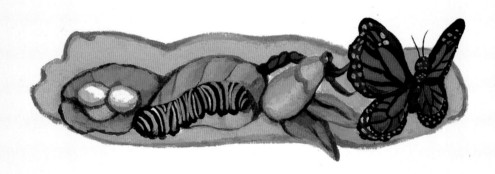

Cuando empieza la clase, nuestra maestra Ms. Rodríguez nos explica la mariposa monarca. Me hace recordar a un tigre por sus bellas alas color negro y naranja. Aprendemos que antes de que las monarcas sean adultas son huevos, después orugas curiosas y luego son crisálidas. Al final, terminan convirtiéndose en mariposas y se van volando.

"Monarchs are not only beautiful," Ms. Rodríguez says, "they are travelers. Every winter, monarchs from Canada and the United States fly thousands of miles south. They spend the winter in the warm parts of Mexico, feeding on the leaves of trees."

I raise my hand. "Ms. Rodríguez, my grandfather is from Michoacán and he has seen the butterflies!"

"How wonderful," says Ms. Rodríguez with a smile. "I was born in Mexico, too. I still remember the smell of the flowers, the sounds of the people, and the warm air against my face."

—Las monarcas no son sólo bellas, —dice Ms. Rodríguez— sino también son viajeras. Cada invierno, las monarcas de Canadá y Estados Unidos vuelan miles de millas hacia el sur. Pasan el verano en las partes cálidas de México y se alimentan con las hojas de los árboles.

Levanto la mano. —¡Ms. Rodríguez, mi abuelito es de Michoacán y ha visto las mariposas!

—Qué maravilloso, —dice Ms. Rodríguez con una sonrisa—. Yo también nací en México. Aún recuerdo el olor de las flores, el ruido de la gente y el cálido viento en mi cara.

After lunch, we meet our caterpillars. I bring out the caterpillar house that Mami helped me make with milkweed and twigs inside a jar. Isabela's jar is decorated with stickers and pink ribbons.

My caterpillar is very wiggly. It has pretty yellow and black stripes, so I name him Tiger, of course! When I put him in his new home, he begins to eat. I think Tiger likes milkweed almost as much as Abuelito likes sweet bread dipped in milk.

Después del almuerzo conocemos a nuestras orugas. Saco la casita que Mami me ayudó a hacer para la oruga. Tiene vainas de asclepia y ramitas en un jarro vacío. El jarro de Isabela está decorado con calcomanías y listones rosados.

Mi oruga se enrosca mucho. Tiene lindas rayas amarillas y negras, y claro, ¡lo llamo Tigre! Cuando lo pongo en su casita nueva, empieza a comer. Creo que a Tigre le gusta la asclepia tanto como a Abuelito le gusta el pan dulce remojado en leche.

Crack, split, burst! Over the next few days, Tiger eats and eats and gets bigger and bigger, until he molts and breaks out of his skin . . . and then he eats it!

One day, Tiger begins spinning a chrysalis and attaches to one of the twigs Mami and I put in his home. Soon, everyone's caterpillars have turned into beautiful, green, sparkly chrysalises. Now, Ms. Rodríguez let's us take our butterflies home. Then comes the hard part—waiting and waiting and waiting.

¡Crac, zis, revienta! En los próximos dos días, Tigre come y come y crece y crece, hasta que sale y cambia de piel . . . y luego ¡se come su capullo!

Un día, Tigre empieza a tejer su crisálida y la pega a una de las ramitas que Mami y yo pusimos en su casita. Pronto, las orugas de los demás se han transformado en bellas crisálidas verdes y brillantes. Ahora, Ms. Rodríguez nos deja llevar nuestras casas de mariposas a casa. Luego viene la parte más difícil: esperar y esperar y esperar.

To help me get to sleep each night, Abuelito tells me about the butterflies in his beloved Mexico. He tells me how his father took him into the hills of Michoacán and from up high, all the trees covered with butterflies looked like they had golden trunks!

Abuelito promises that one day he will take me to Agangueo to see the monarch butterflies, the golden trees, and the little blue house where he grew up. Tiger will love Mexico, I know, and so will I. I fall asleep thinking about Tiger flying off to winter in Mexico.

Todas las noches, para ayudarme a dormir, Abuelito me cuenta de las mariposas en su México querido. Me cuenta de cómo su padre lo llevó a las montañas de Michoacán y desde lo alto, vio todos los árboles cubiertos con mariposas. ¡Parecía que tenían troncos de oro!

Abuelito me promete que un día me llevará a Agangueo para ver las mariposas monarca, los árboles dorados y la casita azul en donde se crio. A Tigre le va a gustar México, lo sé, y a mí también. Me quedo dormida pensando en Tigre volando hacia México para invernar.

I take Tiger with me everywhere I go: to Palo Verde Park, La Esquina Market, and down the street to Isabela's house. Sometimes, I just put Tiger in my bike basket and we go for a ride, enjoying the sounds and smells of Carmen Street. I even imagine as the wind is blowing through my hair that I am a butterfly flying over rooftops and landing on top of Abuelito's house in Mexico.

Back at home, I notice the chrysalis is starting to change. When I squint my eyes, I can see the outline of wings. Each night I place Tiger on my windowsill and watch and wait.

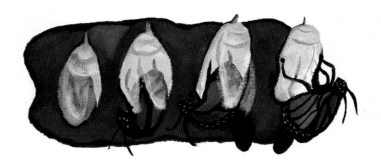

Llevo a Tigre conmigo a todos lados: al parque Palo Verde, a La Esquina Market y a la casa de Isabela que está cerca de la mía. A veces pongo a Tigre en la canasta de mi bicicleta y lo llevo a dar un paseo. Disfruto de los sonidos y olores de la calle Carmen. Mientras siento el viento soplando en mi cabello, me imagino que soy una mariposa que vuela sobre techos y se posa en la casita de Abuelito en México.

En casa, veo que la crisálida está empezando a cambiar. Cuando entrecierro los ojos, veo el contorno de las alas. Cada noche pongo a Tigre en la ventana y observo y espero.

Finally, one Saturday morning I wake up and check on Tiger. I yell, "It's happening! Tiger is coming out of his chrysalis!"

I watch Tiger all day, and I think he watches me, too.

Abuelito says, "It's time to let Tiger go, Julianita."

I don't want to say goodbye. "What if Tiger gets lost? How will he find his way?" I ask.

"Julianita," Abuelito says, "Tiger knows the way to Mexico because it's in his heart."

Together we carry Tiger's butterfly house into the backyard. I look one last time at Tiger and then let him go free. Up he goes, catching a breeze and flying away.

Finalmente, un sábado por la mañana, me despierto y averiguo cómo está Tigre. Grito, —¡ya está sucediendo! ¡Tigre está saliendo de su crisálida!

Observo a Tigre todo el día y pienso que él me observa a mí también.

Abuelito dice —Ya es hora de soltar a Tigre, Julianita.

¡No quiero despedirme! —¿Qué tal si Tigre se pierde? ¿Cómo va a encontrar el camino? —pregunto.

—Julianita, —dice Abuelito— Tigre sabe el camino para llegar a México porque está en su corazón.

Juntos llevamos la casita de Tigre al patio. Veo a Tigre por última vez y lo dejo ir. Se eleva, siguiendo la brisa y vuela lejos.

At first I feel sad, but then I imagine Tiger flying down Carmen Street. Resting for a moment on the roof of La Esquina Market. Sipping sweet nectar from one of the roses that line the steps of Guadalupe Chapel. Relaxing on the bench in Palo Verde Park. Tickling the nose of a baby resting on his mother's hip. Fluttering past Kennedy Elementary School.

Primero me siento triste, pero me imagino a Tigre volando por la calle Carmen. Descansando un momento en el techo de La Esquina Market. Chupando el dulce néctar de una de las rosas en los escalones de la capilla de Guadalupe. Relajándose una banca en el parque Palo Verde. Haciéndole cosquillas en la nariz a un bebé que descansa en la cadera de su mamá. Revoloteando por la escuela Kennedy.

Flying off into the sky, toward Abuelito's magical Mexico, where the air is warm and the trees shimmer with golden butterfly wings. Sometime, in the future, I will fly away too . . . .

Volando hacia el cielo, hacia el México mágico de Abuelito, donde el viento es cálido y los árboles brillan con las alas de oro de las mariposas. En el futuro, yo también volaré. . . .

Monica Brown is the award-winning author of magical, multicultural books for children, including *My Name Is Celia: The Life of Celia Cruz / Me llamo Celia: La vida de Celia Cruz* (Luna Rising, 2004) and *My Name Is Gabriela: The Life of Gabriela Mistral / Me llamo Gabriela: La vida de Gabriela Mistral* (Luna Rising, 2005). *My Name Is Celia* won the Américas Award for Children's Literature and was named a Pura Belpré Honor Book. Brown lives and works in Flagstaff, Arizona, with her husband and two daughters. When she is not writing, she teaches Latino/a literature at Northern Arizona University. Find out more about Monica Brown at www.monicabrown.net.

Monica Brown es la conocida autora de libros mágicos y multiculturales para niños, entre ellos *My name is Celia: The Life of Celia Cruz / Me llamo Celia: La vida de Celia Cruz* (Luna Rising, 2004) y *My Name is Gabriela: The Life of Gabriela Mistral / Me llamo Gabriela: La vida de Gabriela Mistral* (Luna Rising, 2005). *Me llamo Celia* ganó el Premio Américas para Literatura para Niños y fue nombrado un Pura Belpré Honor Book. Brown vive con su familia en Flagstaff, Arizona con su esposo y dos hijas. Cuando no está escribiendo, enseña literatura latina en Northern Arizona University. Si quieres saber más sobre Monica Brown visita www.monicabrown.net.

April Ward was born and raised in the beautiful Pacific Northwest. She discovered a love for drawing and painting early in life, which led her to move to New York City shortly after graduating high school. She received a Bachelor of Fine Arts from Pratt Institute in Brooklyn, New York, and has been working in children's book publishing ever since. April currently lives in New York and works as a designer when not illustrating books. She also illustrated *Juan and the Chupacabras / Juan y el Chupacabras* for Piñata Books.

April Ward nació y creció al noroeste del bello océano Pacífico. Descubrió su amor por el dibujo y la pintura a muy temprana edad, lo que la motivó a mudarse a Nueva York inmediatamente después de graduarse de la preparatoria. Se recibió del Instituto Pratt en Brooklyn, Nueva York, con un título en arte, y ha estado trabajando en la industria de los libros para niños desde entonces. April actualmente vive en Nueva York y trabaja como diseñadora cuando no está ilustrando libros. También ilustró *Juan and the Chupacabras / Juan y el Chupacabras* para Piñata Books.